다시, 몽돌의 노래

다시, 몽돌의 노래

한진호 제2시집

개미

다시, 몽돌의 노래를 출간하며

저 마다 가는 길이 다르듯
인간 내면에 흐르는 문화가 다르다
각자 개성과 이데아의 세계가 있다

인터넷 세대는 선진문화로 앞서가는 지름길이요,
시대적인 요청이기도 하다
또한 선진국과 후진국의 간격은 더 벌어지게 될 것
이다
각자 도생(圖生)으로 진솔한 인간성의 상실과
에고이즘은 이 세대의 과제로 남는다

문학은 갈구하는 내 인생의 마지막 생명수이다
팔순이 넘어도 꾸준히 글을 쓰고 있는 이유인 것이다
예술에서 완벽은 없다 현실에 최선을 다 할 뿐이다

생체 리듬의 변화는 감수해야 한다
마음은 미래보다 과거에 집착을 갖게 된다
이성보다 감성이 앞서가는 것은 남은 여백의 탓일까!

진종일 눈 내리는 산골 고향 마을
장독 위엔 밤새 눈이 소복이 쌓이고
희미한 등잔불 밑에서 마분지 위에
몽당연필이 서럽던 유년의 추억

어머니의 병실 창 넘어 너울너울 내리는 함박눈
온 세상이 하얗게 눈 덮일 때 적멸보궁(寂滅寶宮)이
따로 있던가!
생멸(生滅)이 함께 없어져 무위적정(無爲寂靜)하게 되다

짧은 세월 돌고 돌아 유-턴하는 인생여로
마음을 비운 여백에 향 짙은 문학의 꽃을 심자
초로(初老)의 꽃 향으로 서녘을 붉게 물들이고 싶다

2021년 7월
주촌 집필실에서

차례

제2부

향수길 찾아서

제4부

겨울 동화의 노래

자연과 인생체험 서정적 언어 진술한 메타포의 미학

아늑한 산수화

제1부

그리움 머무는 곳

4월의 기도

돌담길 골목
불어오는 봄바람은 잔인했다
말발굽에 짓밟힌
동백꽃잎은 피멍든 채 거리에 잠들어 있다
분노의 함성이 한라산에 메아리치고
바닷물도 밤새워 울었던 역사의 현장
4·3 사건인가, 항쟁인가
붓끝은 말없이 하루방 밑에 잠자고 있다
안개 자욱하고 신호등도 없는 거리
모든 차량은 방향을 잃고
오도 가도 못하고
나그네는 길을 잃었다

동족상잔의 혼란 속
진실은 은폐되고 오직 살생만 있을 뿐

4·3의 혼령들이시여
그대들의 죽음이 결코 헛되지 않을 것이다

이제는 분노의 껍질을 벗고
너와 나를 초월한 우리로서
오직 조국의 발전만을 위하여
수평적 평화로 이어지기 기대하며
여기 동백 배지를 가슴에 달고
아픈 가슴을 달래며
화해의 기도를 올립니다

제주 4·3 평화공원에 편안히 영면하소서

가파도

커다란 가오리 한 마리
청보리 유채꽃 가득 싣고
바다 한가운데 떠 있다

남도에서 불어오는 노란 웃음꽃
청보리 익어가는 구수한 누룽지 냄새

파도 타고 밀려오는 저녁놀
나지막 초가집 굴뚝
구수한 갈칫국 냄새
석양도 발걸음을 멈춘다

어둠 내린 백사장 가장자리
마음씨 고운 여인의 포차에서
파도소리 권주가에 빈 병은 쌓이는데

이어도에서 밀려오는 해조음
잠 못 이루는 청상의 신음소리

밤새 울어대는 임의 곡조
별들도 한밤을 지새운다

가파도 뿔소라

청보리 익어가는 남도의 황금물결
섬마을 휘감는 유채꽃 향기
갯내음 배인 뿔고동 소리

밀려드는 인파에 지친 하루가 서서히 저물어 가고
모닥불에 소라가 익어 가면 바다는 슬픈 곡조로 밤
새 울어 댄다
파도소리 권주가 삼아 저 대양을 밤새워 기울이면
물 빠진 갯벌
숭어 갈치가 펄펄 뛰노나니
갈칫국으로 술꾼들의 속을 풀어보자!

너의 알찬 속살 맛은 술꾼의 입맛을 돋우며
컴컴한 터널 속 깊숙이 밀려들어가는 보드라운 촉감
장 속을 파고드는 애처로운 뿔고동 소리

창가에 달빛 스며들어
창호에 비치는 추억의 실루엣

소주잔 속에 일그러진 노각의 모습 서럽구나

썰물 때 뛰놀던 드넓은 갯벌에서 들려오는 함성
옛 친구들이 그리워 잠 못 이루는 밤
'숨어 우는 바람소리'
뿔고동 아리아가 나그네의 고독을 잠재운다

간이역

시발점과 종점이 따로 없는
매일매일 일직선상을 움직이는 열차
일탈을 꿈꾸며 이정표에 없는 간이역에서 내릴 때
도 있다

잠시 짐을 풀고 휴식을 취하는 나그네
문득 시선에 들어온 종족 보존의 본능을 본다

호박잎 몇 줄기에 들깻잎, 고구마 줄기로 노점을 벌
여놓고
꼬깃꼬깃 천 원짜리 몇 장을 채우고 있는 허리 굽은
노파
그의 가슴에는 아직도 뜨거운 피가 흐르고 있다

핏줄을 이을 손주의 선물을 챙기며
돌아서는 지친 하루의 뒷등
황금빛 노을이 한가득 꿈을 채워주고 있어 행복할
거다

고개를 흔들고
콧노래 흥얼거린다
해야 네 얼굴 곱고 예쁘지만
우리 손자 얼굴이
훨씬 더 예쁘단다

할머니의 손주사랑!
그의 유일한 삶의 흔적

그리움

섬섬옥수로 빚은 쪽빛 물감
수많은 그리움을 빚어
달빛에 실어 그대 창가
밤새워 뿌려 주리라

애수에 젖어
쌓여가는 가슴 멍울
바람이 실고 온 그대 체취로 쓸어내리고

수많은 밤
은하수 별빛 뿌리며 흘러가면
신기루가 되어 나타나는 추억의 그림자

푸른 바다 가득히 채워주는
그대의 향기 짙은 달그림자
밤새워 불러주는 달빛 소나타

노랑머리 소녀

노랑머리 그 녀(女)가 오고 있다
인고의 긴 겨울밤을 지새우며
오늘을 기다렸다

꽃술의 향기를 품고
남쪽에서 제일
먼저 달려왔다

눈 녹인 산기슭에 둥지 틀고
샛노란 저고리 옷고름 풀고
속살을 뽐내는 그 살가운 몸매

벌 몇 마리가 밀애(密愛)에서 빠져나오기 전
심술궂은 꽃샘추위가
뇌성벽력 비바람을 몰고 왔다

하늘도 놀래서
희뿌연 장막으로 얼굴을 가리는 데

산수유 짙은 향기 뿜어내며
노랑머리 그 녀가 웃고 있다

느림보 강물 길

만천하(滿天下)길 올라서니
하늘이 손에 닿을 듯

모였다 흩어지는
뜬구름 같은 인생

짧은 한세상은
간두(竿頭)의 물방울

강물은 세월을 품고
유유히 흘러간다

앞만 보고 달려온 길
단애(斷崖)의 길이라니

잠시 쉬어가자
가는 년(年)을 잡아놓고
그녀 곁에서 땀을 닦는 황홀한 노을

느림보 강물에 나룻배 띄어놓고
출렁출렁 호사를 타며 지난 세월 더듬어
못다 한 사랑의 노래 밤새워 불러본다

느림의 미학

세상의 속도에 나를 맞추지 말고
내 속도에 나를 맞추자
사람들은 느티나무가 느림보라 한다
하늘보다 넓은 그늘을 품어주기까지는 오백 년 이상
걸렸다
기껏 백 년도 못 사는 인생
바쁘게 사는 것은 시간을 당겨 쓰는 것
거북이는 어슬렁어슬렁 천릿길을 간다

사람은 가분수의 욕망을 실고
무한으로 달리는 우주선

인간사회는 욕심꾸러기들의 텃밭 싸움
엎치고 덮치고 끝없는 샅바 싸움

인생사 삶의 무게도 가뿐히 내려놓고
가벼운 발걸음 쉬엄쉬엄 떠나가는 산수의 노객
"인생은 바쁠 것이 없나니 유유히 살자"

밤꽃 축제

해마다 풍년을 비는
밤꽃 축제가 열리고
막걸리와 떡으로 뒤풀이한다

남실바람이 꽃술을 흔들어
집집마다 꽃 향으로
뜨거운 한밤을 지새운다

불 꺼진 마을에
보름달
유난히 밝게 비친다

창호에 비친
실루엣
뒷물하는 여인상

열광의 마을을
식히고 있는

새벽별이 시리다

대지의 욕망

푸른 욕망의 봄날

농부는 힘차게
거친 땅을 갈아엎고
뽀얀 속살 곱게 고르고
대지의 입 속에
한 알 한 알 씨앗을 넣는다

순간
땀 흘리며
용틀임 치는 대지

그녀의 깊고 은밀한 곳에서는
새로운 생명이 잉태한다

대지가 아지랑이 피워 내면
산골짝 초가마을엔
싸리꽃 피어나고

오금을 파고들던 욕망의 진자리
추억의 열매는 두고두고 익어가리다

동백꽃

뒤채던 고통의 긴 밤을
아침 햇살에 녹여
사랑으로 피워 내고 있다

요염하고 타오르는 열정
스스로 삭히지 못하고
제풀에 꺾여 낙화한다

까막과부가 된 그 녀
허공을 안고 떨어지는 절규

오! 하늘이시여!

바닥에 뒹굴어도
설레는 꿈이 있어 서럽지 않다

그리움은
수평선 넘어 너울너울 춤춘다

피고 지는 동백은
못다 한 사랑의 실루엣

라일락 3

보랏빛 고운 꽃잎
아침 햇살 보듬으면

잊혔던 옛 향기
가슴 깊이 스며든다

꽃잎에 맺힌 이슬은
그대의 눈물인가

오월의 여왕으로
다시 오신 고운 님

나처럼 외롭다가
소리 없이 울다가

창문을 두드리시나
무슨 말 하시려고

멸치를 다듬으며

파도에 멀미하는 바다
온 종일 바닷물 게워낼 때
해넘이가 고요를 몰고 와
밀려오는 적막 속에 달빛도 고요하다

잔잔한 은파를 넘어 들려오는
이웃들의 유영 소리와 갯내음이 싱그럽다

떠나온 고향
죽음도 잊게 하는 피안
죽어도 눈 못 감고 파란 하늘만 본다

씨알 눈에는 하늘이 박혀있다
푸른 바다이고 엄마의 품이다

푸른 광장에서 맘껏 뛰놀던 때를 생각하면
바다는 멀어질수록 점점 그리워졌다

애틋한 모정 못 잊어
그렁그렁한 눈동자에서는
한숨과 눈물뿐

바다는 계속 가쁜 숨만 토해내고
등대만 홀로 밤을 새우고 있다

산다는 건

옹기종기 모인 마을에
함박눈이 내린다

이웃 마을
아기의 새해 첫 울음소리,

건너 마을
지붕 위에 까마귀 울음소리

삶이란 가고 오는 것

코로나19로 공포와 혼돈의 한해였다
구세주가 된 백신
희망은 살아 있다

멀리서 새벽닭 홰치는 소리
여명으로 새아침을 연다

설중매

하얀 드레스 젖히고
쏘옥 내민 예쁜 얼굴
눈웃음으로 살짝 핀 낮달의 미소

그립고 못 잊어
먼 길 달려와 그대 머무는 곳에 피었습니다

볼그레한 보조개
두 손 모아 보듬을 때

햇살이 찾아와
뜨거운 열정으로
홍매화 쏟아낸 초경
불타는 산골 마을

뱃고동 소리 3

갈대밭 창가에 달빛 비치는 실루엣
뽈고동 어망 짜는 뭉떵한 손놀림
긴긴 밤 기다림의 동짓달 파도소리 서럽다

새벽을 열면서 입항(入港)하는 뱃고동 소리
뽈고동 펼쳐 놓은 어촌의 아침 마당
갯마을 허기진 굴뚝엔 짭조롬 바다 냄새

저잣거리 노점상에 활어들이 몸부림칠 때
선잠 깬 아낙들 장바구니에서 풍겨 나오는 매운탕
냄새
바다가 부르는 뱃고동 소리에 어촌의 아침이 열린
다

봄의 찬가

긴 겨울잠 깬 봄바람
나뭇가지를 보듬으면
나무는 춤을 추며 봄을 노래한다

양지바른 개나리 울엔
뽕뽕 샛노란 병아리 떼 합창 속
초록은 짙어가고 있다

토담 밑 고양이는 새끼 품고
오수를 즐기고
새끼 찾는 어미 소의 간절함
산울림으로 퍼져나가
참새 떼 높이 올라 군무를 이룬다

새참 이고 가는 꼬부랑 아낙네의 구름밭
뭉게구름 피어나고,
누렁이 한 마리 쫄랑쫄랑 주인을 따라가고 있다

씨 뿌리는 농부의 등 뒤로 저녁놀 짙어 올 때
교회의 종소리 안식을 부르면
올망졸망 산골 마을에
저녁연기 모락모락
구수한 된장국 냄새
피곤한 하루가 저물고

창호 넘어 촛불에 그려지는 부부의 실루엣
은하수 한밤을 사랑으로 지새고
새벽닭 울 때까지
촛농은 흐르고 있다

봄이 오는가

겨우내 봄이
논두렁 밭두렁 너머에서 선하품

아직도 잔설은 시린데 여울목 쫄쫄 봄을 재촉한다
버들강아지도 뽀얀 솜털 단장하고
버들치 피라미도 봄기운에 지느러미 활개친다

겨울잠 깬 어미 소
하품을 거두고 봄의 냄새를 흠뻑 마신다
농부는 헐렁한 바짓가랑이 접어 올리고
지게 줄을 고르고 있다

아지랑이 스멀스멀 피어오르고
몇 해 전 시집간 딸이 낳은 뽀얀 얼굴 아가와
함박웃음 짓는다

봄은 희망이고 청춘

삶의 한 해가 깊어갈수록
짙어오는 연민의 그리움
저문 주름살에도 봄은 오는가

바람의 여인

아침 햇살 슬며시 대청호에 내리니
물비늘 수다 떨며 살 살 눈웃음 짓는다

바람결에 은은히 들려오는 속삭임
언젠가 들어본 듯 한 목소리
반짝임 속에 그녀가 어린다

이별 찾기 골목 끝
너른 마당 있고
모감주 울타리 안에 우물이 있고
골목 안 기와지붕 위 팽팽하게
봄 햇살 내리는 연분홍치마

그렁그렁 두 눈동자에 맺혔던
그리움의 영상이 아직도 생생한데
가슴 떨리던 너의 고운 목소리

갈대 스치는 바람소리는 분명 임의 목소리

어머니의 밥상

무심코 걷다
코끝을 간질이는 냄새
질그릇에 보글보글 어머니 된장국 냄새

밥상머리
딱- 따악- 수저질 소리
눈 흘기는 큰형의 위세
몸 사리는 작은 수저들

한여름 지루한 장마 끝
땀으로 가꾼 풋고추
송-송- 썰어 넣은 된장국

어머니의 된장국 냄새
사랑으로 피워내는 어머니의 향기

연분홍 어머니 합창단

푸른 숲을 달리고 있는 목동의 노래다
젊음을 한입 베어 물고 세월을 토해낸다
호수에 사뿐히 내려앉은 한 무리의 홍학이다

우리 곁 찾아온 사랑의 합창단
청아한 가을 하늘 선홍색 물들이고
한 폭의 밝은 수채화가 감아 도는
홍학 빛 날개의 비상

향 맑은 생활 속으로 녹아드는
낭랑 십팔 세의 가슴 뛰는 연정

골 깊은 주름에 함박웃음
새하얀 연꽃잎으로 피어난다

유년의 뜰

장독 옆 풀섶에
볼그레한 분장을 한 수줍은 소녀가
부푼 가슴 탱탱한 몽우리 툭하고 터트릴 제
할머니가 한 말씀하신다
너도 이제 너의 넓은 세상 찾아가거라

엄마 품 떠난 씨앗은 낯선 외계의 뜨락으로
긴 여정을 떠난다
토방 밑 벽돌 틈 사이 비비고 들어가
구수한 흙냄새 맡으며 여정을 푼다

비바람 눈보라 겪으며 따스한 봄날
분홍빛 꽃잎으로 태어나
할머니가 백반으로 손톱 밑 감싸주고
하룻밤 자고 일어나면
세상에서 가장 예쁜 손톱이 된다

해와 달이 차고 기울어

신산(辛酸)한 세월을 보내노라면
할머니가 발라주던 매니큐어가 봄 햇살에 유난히도
반사되어 잦아드는 추억 그립다

나는 가고 싶다
동유(童幼)의 시절
봉숭아향 스미고 뻐꾹새 노래하는
가슴 찡한 유년의 뜰이 있는 곳

탑정호의 봄

풋풋한 봄 냄새가
애쑥, 냉이 캐는 처녀의 치맛자락에서 여울진다
연두색 버들가지 휘영청 늘어져
오수에 졸고 있는 탑정호

파란 하늘이
호수에 내려와 흰 구름 유유히 흘러간다
겨울잠 깬 흰 빰 검둥오리, 원앙 한 쌍
봄놀이 즐기며 새로운 생명을 잉태시킨다

따사한 봄 햇살이
윤슬 위에서 눈부시고
사위는 온통 봄이 물들고 있는데
마스크로 코와 입을 가린 이 봄의 불청객

지구촌은
COVID19로 봄을 잃어버리고
끝없는 죽음의 행열

전대미문의 패닉상태에 빠졌다

세상은
바이러스와 인간의 패권다툼에 들어간 지 오래다
끈임 없이 쫓고 쫓기는 숨바꼭질
찾아내기 바쁜 신약의 개발, 끝없는 삶의 전쟁이다

시간은 인간 편에 서 있다
현대의학은 불가능은 없다
균의 복제에서 항체의 개발까지

수많은 목숨이 사라지는 대재앙이 올것이다
그러나
"이것 또한 지나가리라"

그리움의 그곳

제2부
향수길 찾아서

간월암과 보름달

간월도 앞바다에 보름달이 내리면
달거리 끝낸 선녀가 목욕을 즐긴다

선녀를 탐한 바람이 풍랑을 일으킨다

얼비친 나래 펴고
하늘로 솟을 때
수도승이 속살의 살가운 몸매에 취해
넋을 잃고 바라본다

바람이 쩡하게 이마를 때리니
파도에 부서지는

'나무아미타불'

개망초

뻐꾸기 울고 가는
유월의 밭고랑에 해가 저물면

묵정밭 한 구석에 둥지 튼 대지의 파수꾼
하얀 웃음 활짝 핀 천사의 얼굴
바람의 길손이 풀숲 헤집고 숨바꼭질하노라면
밭 매던 어머니의 하얀 머리칼이 망초꽃 춤

어스름 짙어오는 고즈넉한 산골마을
목울대 사무치는 풀벌레 소리 뒤로하고
뛰뚱 뛰뚱, 몽당호미 허리춤에 차고
망초꽃 한 아름 안고 숨 가쁜 언덕길을
오르고 있는 어머니의 서러운 하루

꽃잎은 한 잎 두 잎 소리 없이 지고

하얀 꽃잎처럼 흩어지는 또 하나의 무성함
어머니의 한생이 저녁노을에 섧게 지고 있다

갯마을의 추억

6·25 사변 초등학교 4학년 여름
어머니 치맛자락 잡고
갯마을 외갓집으로 피난 갔다
애정 어린 외할아버지 외할머니
친절히 맞아준 외사촌 형과 또래의 누이들

가난한 사람들을 비켜선
끝없는 먹이사슬 속에
바다는 생명의 젖줄이었다
물때를 벗어나 갯벌에 들어가면
조개와 굴을 따고 갯가재도 잡았다
사촌형과 같이 매어 논 어살에
갈치 꽂게 숭어가 허둥대고 있다

피난 생활 중
비린 갯것들은 내 생애 최고의 성찬

갯벌에 꼬부랑 할머니

아득히 지난 세월
가슴 두근거리는 추억을 안고
오늘도 저 바다를 넘어 조개를 캐고 있다

외갈매기 꾸억~꾸억
옛 추억의 회한(悔恨)이 가슴 저리다

몽돌의 노래 3

그 옛날 바닷가에 지천했던 바위들
밀물이 밀어주고 썰물이 다듬어
억겁의 세월이 흘러 몽돌이 되었다네

달빛 타고 들려오는 월광곡에 리듬 맞춰
밤새도록 코 골며 깊은 잠에 빠졌다
해일이 앞가슴 후려쳐 놀란 가슴 추스린다

석공이 된 파도가 갈고 쪼아 만든 망부석
휘영청 달밤에 임 그리워 노래 부르다
불현듯 울다가 웃다가 까르르 숨 넘어 가네

무쇠 밥솥

시골집 헛간 한구석
우리 가족의 목줄이었던
녹슬고 구멍 뚫린 밥솥

농사가 잘되면 밥솥도 배가 불렀다
가물은 해는 풀씨로 배고픔을 달래기도 했다

까까머리 시절 3교시가 끝나고
배꼽시계가 꼬르륵 신호를 알리면
도시락을 까놓고 나누어 먹었다
누룽지나 둑새풀 볶아 오는 친구도 있었다
1950년대 보릿고개는
어머니를 졸라 배추 꽁대기라도 얻어내어 허기 때
우던
가난의 시기였다

지금도 비 오는 날이면 헛간 구석
솥바닥 박박 긁는 소리가 들린다

외양간에 늙은 어미 소도 눈만 껌벅껌벅
가난을 되새김질하고 있다

어머니의 깊은 애정이 배인 녹슨 밥솥
허기진 배를 움켜쥐고
바닥에 흘린 몇 톨의 보리알로
참새 한 가족 불러 모아 저녁 파티를 즐기고 있다

민들레

아무도 눈 주지 않는
돌담 모퉁이에
낮은 자세로 졸고 있다
밤이 되면 산 번지 골목 밝혀주는
노랑머리 가로등

끝없는 노숙의 시간
발자국에 채이고 비바람에 쓸려도
간간이 나비 한 쌍 찾아와
고운 가슴 열었다

한해가 저물 무렵 홀씨는
바람 타고 떠돌다
인적 드문 옛 할아버지의 초가집
토방 밑 틈새에 여장을 풀고
긴 겨울잠 속에
새봄을 잉태하고 있다

바닷가의 추억

숨 가쁘게 달려온 하루해가
수평선에 멈추어
하늘과 바다를 시뻘겋게 물들이고 있다

파도에 씻긴 파란 바람
옷 벗고 나올 제
달구었던 모래사장도
숨 막혔던 피서객도 바람의 날개 타고
창공을 날고 있다

불타는 저녁노을 어둠이 삼키고
해변의 길손
밀려오는 파도를 밟으며
모래톱에 숨겨진
유년의 추억을 캐고 있다
6 · 25 사변 피난 시절
사촌누이와 공기놀이를 했던 예쁜 조약돌
눈 감으면 아련히 떠오르는 누이와 형들의 얼굴

모래톱에 새겨 논 너와 나의 자화상에 웃음보가 터
지기도 했고
파도가 밀려와 지우고 가면 울음보가 터졌던
철부지 시절이 애절하게 가슴을 녹인다

해넘이 갯마을
오두막 화롯가에서는
밤새 파도가 울고
할머니의 옛이야기 들으며 바지락을 까고 있다

상현달 지고 파도가 잠든 새벽
여명 밝아오면
뱃고동 소리에 또 다른 하루가 열린다

박꽃단상

어둔 밤 초롱한 얼굴
동네 어귀 고샅길 돌담 위
꽃 등불 밝혀
임 맞이하고 있다

꽃 향에 취한 누군가는
머 언 발치에서 냉가슴 앓고 있겠지

열다섯 그 녀
첫 몸살 치르던 그날처럼
밤새워 벙글어
순백의 향 피워냈다

담장 너머 기웃대던 바람
슬며시 옷고름 풀고
꽃잎은 한 잎 두 잎 지고
높고 푸른 하늘에는 조롱박 주렁주렁 달렸다

피고 지는 자연은
어김없이 순리대로 가고 있었나

어느새

서녘에는
허리 굽은 한 생이
뜨겁게 물들고 있었다

산은 천국이다

속세를 떠나
솔향기
물소리
바람소리 갈수록 깊어지는
첩첩 산속을 신선이 산다는
천국으로 가는 길을 걷고 있다

참나리, 더덕 야생화 향기 돋궈 미소 짖고
새들의 노래와 매미의 합창은
슈베르트 세레나데 백조의 노래로
천국에서 들려오는 듯

산은 고고하다
힐링이 필요한 자
때 묻지 않은 올곧은 자만을 허락한다

세기의 불청객 코로나가
현대문명을 비웃으며

지구촌을 쓸고 있어도
피톤치드 한방에 박멸이다
산은 인간의 염원인 공해, 질병 없는
이 세상 마지막 유토피아

삶

정상에 올라 넓은 들판을 가슴에 품으면

파란 하늘 끝자락으로 추억의 강물이 흐른다

땀 흘린 들판은 회색빛으로 물들고

슬픈 바람은 텅 빈 가슴 차갑게 쓸어간다

가지만 앙상한 나목에 떨고 있는 마지막 잎새

물레방아 돌고 돌아 세월을 돌리면

또다시 봄은 오는가!

상화원(尚和園)

보령-대천항 끝자락 죽도(竹島)에 가면
그곳에는 바람과 파도소리
파랗게 묻어나는 섬이 있다
소라와 고동 소리도 들린다.
해변의 돌 하나에도
그리움만 찰랑찰랑 서려있다

원주민 발자취 없어진 오솔길 따라
회랑길은 해변 산책길 따라 열려있고
해변독서실, 해송의 숲도 잠시 쉬어가라 한다.

하늘 같은 바다
쪽빛 물결 잔잔하다
저녁노을 짙어지고
하늘과 바다가 아몰락말락 닿고 있다

하루의 피로를 한 아름 안은
터질듯 탱탱한 붉은 해

수평선 살포시 즈려 앉아
섬을 안고 떠난다

암반 위에 천년 머금은 미소 반가사유상(半跏思惟像)
생 노 병 사 고뇌에 빠져
"천년명상도 허사라네"

수행하던 순례자
무거운 짐 풀어놓고
짚신 한 짝 걸치고 떠나라 하네

석송(石松)

하늘만 빤히 보이는 적막강산
속세를 등진 질곡의 세월
평생을 하늘 섬겨 푸른 둥지

낮이면 해와 함께 뜨겁게 살고
밤에는 별들과 소곤소곤 이야기 나눈다

때로는 바람이 찾아와 외로움을 달래주고
새들도 나뭇가지 위에서 노래
하루가 즐겁다

한적한 산마루에서 내려다 본 세상 풍경
눈물 콧물 흘리는
사람들의 애환을 같이 해온 벗(友)이다
삶이 지치고 힘들 때는
너를 찾아 기분 전환하련다

말은 없지만 네 속내를 알 듯 한 두터운 기개

오로지 한자리에 붙박여 꿋꿋하다
네 앞에 서면
마음이 포근해지고 숙연해진다

오월의 단상

아침 햇살이 잠든 숲을 깨우면
수락도 3중창으로
적막을 깬다

떼죽나무 향이
바람을 몰고 와
향 짙은 아침 식사를 선사한다

계곡에 철철 넘쳐흐르는 물소리
산새들도 아침 인사 '찌찌째째'
심신을 맑게 해 준다

오늘은 부부의 날,
결혼기념일이자 마누라 생일
소녀의 시절로 돌아간 그는 이 세상 전부를 품에 앉
고 꿈을 꾼다

그에 반(反)한 팔(八)자 앞에서 서성대는 노객

잃어버린 꿈을 찾으려 지나온 편력을 더듬어 보는 데
동희가 검정 고무신 한 짝 물고와 꼬리치며 같이 놀
잔다

신발

대쪽 닮은 지조
태산을 머리에 이고 해종일 땀 흘린다
남들은 특이한 냄새에 날 피한다

빼곡한 출근길
발 디딜 틈 없어도 태우고 또 태웠다
치고받는 출근길 항시 고약하다

늘씬한 치맛자락 속
광야에 핀 장미 한 송이
가슴은 두근반서근반 고동친다

눈 내리는 날이면
뽀드득뽀드득 입 맞추고
용광로 속에 젊음을 녹일 때도 있었다

장미꽃의 무자비한 폭행
하루에도 천당, 지옥을 오가는 일상

그래도 가정에는 자라는 꿈돌이 웃음소리에
발걸음은 총총 바빠진다

희뿌연 매연으로 태양은 점점 시들어 가고
지친 하루가 꼬부랑 할머니의 등에 업혀
아리랑 고개 넘어간다

아버지의 지게

헛청에서 불안한 듯 서성이는 지게
주인 잃은 지게가 이미 봄이 왔다고
들판에 나가겠다고 아침마다 성화다

한때는 우리집 호구를 책임지기도 했다
오 남매를 가르치는 돈줄이기도 했다
가난한 삶을 벗어나게 도와준 지게였다

때로는 작대기로 지겟다리 두드리며
콧노래는 한이었다가 또는 눈물이었다
아버지에겐 멍에이기도 했다

추운 겨울에는 청솔가지 한 지게로
군불을 지펴 주었던 따뜻한 지게
이제는 실업자 되어 실의에 빠져있다

지게는 아버지의 한 생애 전부였다
늙으시고 병드신 우리들의 아버지가

요양원 보내달라고 보채신다

어머니의 마음

나는 성질이 온유하고
여유와 베품이 배어있다는 소리를 자주 듣는다
혹자는 속이 없고 쓸개도 없다고 혹평을 한다

외모는 초라해도
마음속은 언제나 뜨겁고 사랑으로 가득하다
오월이 되면 그 큰 품에 꼬옥 안겨 노래를 부른다

알싸하게 밀려오는 허기진 때나
몸이 아플 때나 괴로울 때면
나를 간절히 불러댄다

나는 사랑과 헌신의 표상이 되었다
믿을 수 있고 사랑을 줄 수 있는 사이라면
내 몸까지도 아낌없이 내 놓는다

나는 늘 기도한다
삶의 그늘이나

꽁꽁 언 마음의 뜰에도
봄 햇살이 부서져 빗기면서
집집마다 빨간 장미꽃을 피우기를

영실(靈室)

푸른 하늘 머리에 이고
슬픈 전설이 담긴
한라산 준령에 신령(神靈)의 집

원통하게 죽은
어머니 부르다가
까마귀가 된 영혼(靈魂)

하늘 높이 비행하다
모정이 그리운가
등산객 옆 나뭇가지에 앉아
눈물 흘린다

가난했던 시절
"가마솥에 삶은 어머니의 사랑을 먹었다"는
처연한 전설

오늘 어머니날

까마귀도 어머니날인가
까악~ 까악
하늘을 찢는다

오월이 오면

가슴 설레이는 오월
왠지 좋은 일만 생길 것 같은 오월
그리움을 찾아 여행을 떠나자

편린들로 가득한 시간의 무늬
늘 마음 한 켠에 자리 잡고 있는 그리움
군 생활 시절 형수 같이 정들었던 매점 아줌마도 그
리워진다

가정교사 시절 지존한 주인마님의 따뜻했던 한마디
'괜찮아요 선생, 신경 쓰지 마세요'
고마운 한마디에 눈물도 흘렸다

서울 가신 오빠 생각하는 누이의 간절한 소망
고향의 매력이 무엇이기에 이처럼 절절할까
삶이란 고달프기만 한 것은 아니다

사람에겐 따뜻한 향기

이역만리 친구도 불러보자

뻐꾹새도 울겠지

월류봉(月留峯)에 걸친 반달

구름도, 달님도 머물다 가는
기암절벽 빼어난 절경
상현달 봉우리에 걸쳤다

파란 하늘가 별들의 고향
연인들의 속삭임 속에 밤은 깊어 간다

외로운 길손
잠 못 이루고
잔잔히 들려오는 물소리에
고독이 녹아내린다

월류봉 휘감아 돌아가며
적막을 깨는 초강천 물소리
모짜르트 자장가에 취했나
"엄마 배 속에서 들었던 익숙한 물소리
아기는 잠들고 강물도 잠들었다"

모든 것은 순간이었든가
달빛 실은 강물 고요히 흘러가고
고즈넉한 상현달 세상 시름 품고 서쪽 하늘로 흘러
간다

유월이 오면

밤꽃 향기 물씬 풍기던
유년의 뜰 앞에
낯익은 순이의 방문 살짝 열고 들어서
밤꽃 구슬을 만들어
머리에 얹어주고
밤 깊은 줄 모르고
꽃향기에 취해
먼 먼 앞날의 꿈을 수묵화처럼 그렸었지

때로는
크로버 꽃잎 엮어서
목걸이로 액운을 쫓고 행운을 기대하며
가슴 충만했던 소년, 소녀의 푸르렀던 하늘 천만리

미명에 장대들고
새 쫓으려 들판으로
줄달음치던 순이의 춤추던 머릿결
익어가는 벼이삭만큼이나 성숙하고 아름다웠었지

먼 길 돌아오며 고단했던지
어제 장날 노점상에서 순이가
토마토를 팔고 있었다

그 토마토에서는
밤꽃 냄새 순이 냄새
가슴 울컥

빙그르 도는 눈물

차마, 씹을 수가 없었다

가고 싶은 마을

제3부

낙엽의 노래

가을하면

한여름 둥지 틀었던 무더위
태풍으로 날려 보내고

코스모스 치마폭에서
새콤하게 익은 사과 향
파란 하늘 높아진다

고추잠자리 짝지어 초야의 고운 꿈 이루고

찌들었던 땀 내음
훌훌 털어버린 농부
가을바람 불 때마다
참새 떼 멀리 쫓으며

먼 하늘 흰 구름 따라 가버린 안녕
마른잎 대지가 갈증을 느낄 때
그대 눈동자에서 흐르는 뜨거운 눈물

가을비 추적추적 내리면
금수강산 고운 임 찾아
황금들판 걷는다

가을의 노래

가을이 온 산야를 덮는다

햇볕이 엷어지면서
삶의 무게를 내려놓고
바람 따라 가버린 여인

계절은 가고 또 왔다

거닐던 꽃길
라벤다향 입 속을 휘감아 돌던 순간의 전율
거칠던 숨결
지금도 뜨거운 피가 흐른다

바람이 실고 온 그녀가
메기의 추억을 부른다

밤하늘 질러가는
외기러기

메기 옛 동산을 눈물로 찾아가고 있다
석양도 서러워 붉은 피를 토하고 있다

개척탑

너와 나의 소망 담아
우뚝 서 장엄하다

젊은 날 날린 화살
푸른 하늘 날아간다

잡힐 듯 흘러가는 구름아
이 몸도 태워주렴

무한한 욕망은
하늘가에서 맴돌고

겸허히 우러러
그대를 보노라면

개척탑 높은 기상
하늘 끝자락까지 아물아물
해 저문 꼬부랑 언덕길

팔순의 허리가 시리다

귀농(歸農) 그 후

새벽닭 홰치고
오서산(烏棲山) 고갯마루에 여명이 트면
초가집 굴뚝마다 구수한 된장국 냄새가 배 속을 풀
어준다

지난밤 삼겹살과 막걸리로 동네잔치가
주당들의 술잔 돌리기로 자정이 훨씬 지나서야 끝
났다
마당에는 불판이며 집기가 널브러지게 흩어져 있고
어둠을 사른 모닥불에서는 매캐한 연기 냄새가 코
를 자극했다

찌꺼기 청소부대 까마귀 떼가 아침식사를 즐기는
순간
동네 개와 한바탕 신경전을 벌이고 있다

계절이 짙어가면서 지붕 위에는 고추가 빨갛게 익
어가고

늙은 호박은 오수에 졸고 있다

갓 따온 상추, 깻잎, 호박으로 입맛을 돋우고
사과, 대추가 탐스럽게 익어가는 풍성한 계절,

청정지역에서 캐내는 '무공해' 싱싱한 언어가
찌든 도시의 관능을 씻어내고 소박한 꿈이 이뤄지
고 있다

농촌에서만 느낄 수 있는 여유와 느림은
오늘의 경쟁사회를 놓고 가는 또 하나의 소확행이다

건넛마을엔 저녁연기 모락모락 하루를 쉬어가고
새끼 찾는 어미 소 '음머어' 앞산에 메아리칠 때

뜨끈한 아랫목에서는 노부부가 뜨거운 입김을 나누
고 있다

금줄

하늘이 울고 산천이 회오리바람 몰아치더니
고고성 지르며
한 생명이 탄생하였다
천지창조의 순간이다

기쁨에 들떠 서성이던 할아범
왼새끼 금줄 따라
빨간 고추로 역귀(疫鬼) 쫓고
예쁘게 잘생긴 고추에 가슴 뿌듯하다

햇장 담글 때면
어김없이 찾아주던 뻐꾸기
올해도 손주 소식 물고와 뻐꾹 뻐꾹
잘있다고
동네방네 뻐꾹 뻐꾹

뻐꾸기네 집에는 뻐꾸기 엄마가
끼니마다 사랑으로 된장국을 끓인다

뻐꾸기 우는 유월이 되면
아물아물 피어오르는
어머니의 된장국 냄새

뜨거운 어머니의 눈물이 녹아 있는
사랑의 된장국
코끝 아리게 눈시울 촉촉해진다

기다림

소쩍새 솥적다 밤새 울어대더니
비가 내려 해갈되었다
모내기 끝낸 농부는
가슴 뿌듯하여 물고를 트고
올가을 딸 혼사를 생각하며
발걸음도 가볍다

담장에 빨간 장미
아침 햇살에 함박웃음
앞마당 미루나무에
까치 한 마리 깍깍깍
행여나 백년손님 오실라
온종일 서성인다

낙엽을 밟으며

한 잎 두 잎
초연히 본향으로 떠나는 모습
우리들 가슴도 숙연해진다

한창때 꽃피워 결실까지
가뭄, 태풍, 벌레들
시련을 이겨냈다

때가 되면 갈 줄 아는 낙엽
순리 따라 자연으로 돌아가
새 생명으로 부활한다

인간도 자연의 섭리를 따라야 한다
여기저기 난립한 요양병원
알 수 없는 또 하나의 인생
식물인간으로 채워진 베드

이룰 수 없는 바벨탑

애타게 불러보는 구원의 신음소리

밤은 깊어 가는데
어디선가 들려오는 트럼펫 소리
단장의 애수곡인가!

인생의 가을

내 인생의 가을이 오면
달콤했던 추억만을 생각하기로 했다

시간과 공간 속에 닳아 없어지는 것들
유년시절 엄마 손잡고 외갓집에 갔을 때 외할머니가
따뜻한 사랑으로 주신 눈깔사탕 하나
지금도 입 안에서 우물우물

정이 많았던 고등학교 시절에는
도시락을 나누어 먹던 부러운 친구들

냉수 마시고 갈비 트림하던 지존(至尊)
'한끼줍쇼'로 자존심 내려놓았던
대학시절 먹고 자고한 가정교사

호구지책으로 약국을 개업하고
사회봉사로 다문화교회와 한글교실도 운영했다

알콩달콩 사랑으로 키운 딸
결혼해 잘살고 있으니
무겁던 어깨가 가벼워졌구나

한세상 별거더냐
고스톱 몇 판 치고 훌훌 털고 나니
어느새 청춘은 저만치 흘러가버렸구려

꽃피는 이 봄에
시 한 수를 생각해보면서
허기진 마음을 달래본다

"설한풍에 실눈
세상 내다보니

희뿌연 연무 사이
입춘이 아른거리고

아린(芽鱗)도 겨울잠 깨고 봄단장 바쁘다

아침 햇살 떠오르니
봄기운 완연하다
홍매화 쏟아낸 초경(初經)

산수(傘壽) 가슴 불태운다

산 너머 나비 한 마리 꽃잎 물고 날아올까?"

노스탤지어

함박눈 소록소록 내리는
고향집 초가마을
구수한 옛이야기 속에 밤은 깊어간다

산과 들, 장독대에도 소리 없이 눈이 쌓인다
눈 쌓인 어머니의 항아리
그 뚜껑을 열면
가을 하늘 빨갛게 수놓았던
한 폭의 수채화가 담겨있다

항아리 속은 뜨거운 열기로 가득하다
밤새워 공부할 때 잠을 쫓는 보약인 듯
홍시는 어머니의 사랑, 눈시울 촉촉하다

눈 오는 날 밤
꿈자리 속 파고들어와 함박웃음 짓던 그 모습

비릿한 어머니의 젖 냄새가 잔잔히 콧등 시리다

들국화

산야에 펼치는 향연
엷은 햇살 아래
연분홍 치맛자락 노랑 저고리 누이가 돌아왔다

산들바람에 춤추는 가을 들녘
평화의 마을회관 뜰에는
고추잠자리 속살 내어놓고 고운 꿈 이룬다

오색 창연한 팔색조 하늘을 덮고
마을 건너 이쪽저쪽 강을 뛰어넘은 무지개
김씨네 우물과 이씨네 우물에 백년가약 뿌리내렸다

가을 하늘에 가슴 시린 하현달

귀뚤이도 서러운 가을밤
노란 꽃술 위에
잠깐 머물다 가는 바람 한 점
못다 한 아쉬움 한해를 보낸다

등 굽은 소나무

마음의 호수에 달빛이 내리면
윤슬같이 떠오르는 추억의 편린들

미소 짓는 보곱은 얼굴들

세월을 거슬러 한없이 커지는
치마폭 파고들던 철부지 5남매
시부모 공양에
심지가 다 타도록 밤새워도
쌓이고 쌓이는 눈물 항아리
어찌 흔들리지 않았으리
산 넘고 물 건너 어찌 달려가고 싶지 않았을까
수평선 끝자락에 무지갯빛 하루가 넘어갈 때마다
친정 부모님의 따뜻한 사랑이 어찌 그립지 않았을까!

사람들아 일방적으로 매도하지 말아다오
'참을성 없고 방정맞다고'
벙어리 3년, 소경 3년, 흐르는 물소리에 귀를 씻고

3년

옹이 지고 멍울진 지난 세월의 한
바람결에 날려버리고
고개 넘어 긴 여로에
등 굽은 늘 푸른 소나무
그대들
그림자 지켜 주리니

마음은 늘 그곳

참새 떼가 아침을 물고 오면
바쁜 하루가 시작된다

하늘보다 너른 품의 고향마을
언제나 안기고 싶은 어머니의 가슴

새벽잠 설친 어머니가
갓 따온 상추와 열무
쓱쓱 비벼 가난했던 입들을 다독이고
사랑 가득했던 고향집

시간에 쫓긴다 해도
파란 하늘과 해넘이를 어찌 잊으랴
머뭇대다 힘겨워 빨갛게 탄 노을
그리움이 더욱 짙어진다

오늘도 일상에 앞서 돌아드는 꿈돌이 세상

세월이 흐를수록
알맹이 빠진 껍데기 마냥
마음은 늘 그곳에 가 있다

박꽃 수상 2

달빛 쏟아지는 자정쯤
창문 열고 심호흡한다
초가지붕 위 박꽃이
하얀 이를 내놓고 웃고 있다

이웃집 누이의 웃음 짓던 하얀 이
그 녀의 웃는 이가 소년을 불러온다

달빛에 비친 그리움
살짝 꽃잎이 흔들린다
소리 없이 뿜어내는 향기
그녀의 체취에 잠 못 이루는 밤
그녀의 포근한 마음에 가슴을 묻고 싶다

이울고 있는 새벽녘
별빛도 하나 둘 사라지고

지붕 위 박꽃

눈(雪)처럼 하얀 속살을 감추고 있는 과일 같았다
어느새 타오르는 과일을 통째로 어루만지고 있었다
환희가 절정을 향해 치닫고 있을 때
적막을 깨는 야릇한 신음
새벽 공기가 뜨거워지고 있었다

밴댕이 소갈머리

밴댕이는 몰라도
"밴댕이 소갈머리"는 삼척동자라도 알 만하다

5~6월의 밴댕이는 살찌고 맛이 좋아 '금댕이'라 한다
제 성질 못 이기고 잡히면 팔팔 뛰다가 세상 하직하는
너의 소갈딱지는 인간사회에서 회자되는 흉이란다

밴댕이!
헉헉 숨 막히는 여름철에
내 몸에 맞는 보양식
냉수 한 사발에 밥 서너 수저로 휘휘 젓는다
맹물 밥알탕 한 수저에 젓갈 한 토막이 꿀맛이다
서너 마리면 밥 한 그릇 뚝딱이어 소위 밥도둑이다

요즘 일이 안 풀리고 꼬이기만 하는데
"밴댕이 소갈머리 같다"라고 뒤통수를 친다

가뜩이나 속 좁고 성질 급한데

"성질 지랄 같다"고 마누라 두 눈에 쌍심지 켤까봐
걱정이 앞선다

본능

세상이 잠든 시간이다

누군가를 기다림은
어둠을 밀어내고
언 가슴을 밀어내고
허기진 마음도 밀어낸다

막노동의 현장은 하루살이다
오늘 하루가 절박한 그들이다
포기할 수 없는 생명줄이 붙어있다
그나마 운이 좋은 날이라야 일감이 걸린다

막걸리 한 사발에 김치 한 조각으로 허기를 때우고
여위어 가는 근육과 땀을 팔아 당신의 자존심을 세
우셨던 아버지
어머니의 가난한 호주머니를
배춧잎 몇 장으로 채워주시고
흐뭇한 표정을 지으시던 당신은

우리 가정의 최고의 우상이었지요

부모의 자식사랑은 조건 없는 헌신
이른 봄 남대천에 회귀하는 연어는
고향에 돌아와 알을 까고 생의 최후를 맞이한다
그 거룩한 자기희생의 본능
사랑의 본질은 자기희생에서 나온다

자식 낳아서 키우는 동안
그 많은 시련과 고통으로 한평생 살아오신 길은
자기희생 길이요 살신성인의 길이다
이 세상에서 가장 위대한 우리들의 부모
머리 숙여 감사드립니다

석류

얼마나 시련의 고통 아렸기에
온몸이 붉은 사리 가득하다
유두에 맺힌 리비도를
유년의 젖줄이 살갑게 빨아들이는 카타르시스

팽팽하게 불어난 젖가슴 사이로
바람의 손길이 살포시 스치면
가을 하늘만큼이나 높아지는 먼 옛날의 그리움

그 심사 끌어안은 하현달
창문 열고 뽀얀 속살 살포시 더듬다가
어느새 새벽이 이울어 낮달이 되었다네

외돌괴

파도가 밀려 온다
한 생애가 밀려 온다

망망대해 임 그리다
청상이 된 망부석

만조 때 해후의 기쁨은
간조 때면 서러웠다

은밀한 곳에서 이루어지는
욕망의 비밀

수줍던 돌기둥
불그스레 상기되어

노을진 서녘 하늘가에
쌍무지개 띠운다

외딴섬

그곳에는 나의 사춘기가 있었다
마음이 공허할 때면 가고 싶은 곳
외로울 땐 대화를 나누고 싶은 사람
그리울 때는 보고 싶은 사람
그런 사람이 살고 있는 곳
그곳에는 사랑하는 사촌누이가 살고 있었다

스마트폰 안에서 훤히 보이는 세상에
등하불명의 세계가 있다

출가외인의 세상도 있나 보다
지금은 한 가정의 할망구로 손자와 소꿉장난하고
있겠지
분단의 이산가족이 아니다
사회적 몽니의 이산이다

누이야!
어린시절 그 많던 꿈을 한 잔의 술

안주 삼아 가슴 깊이 넘기고 있다

월정사(月精寺) 가는 길

바람소리 물소리 따라
계곡을 올라가는데
환하게 웃으며 반기는
구절초와 쑥부쟁이

누군가 잡아끌듯
문득 시선이 멈춘 곳
'자궁청정(子宮淸淨)'
둥글넓적한 커다란 바위

실오라기 하나 걸치지 않고
하늘 향해 벌린 계곡
고샅 사이
맑은 물 흘러나오는데

넋을 잃고 바라보다
목울대 침 넘기는 등산객

동자승도 빙그레 웃는다

침묵의 가을

땀 흘려 가꾼 가을
들녘은 황금빛 가을이 익어가고
농부의 마음도 여유가 있어 보였다

세 차례 태풍에 과일이며 벼이삭까지도 흔들리기만
했다
특히 올 가을은 정치권만큼이나
바람 앞에 '쭈구렁 밤송이'가 됐다

지도층의 "내로남불"
양파를 깔수록 깊어지는 눈물

천야만야(千耶萬耶)로 추락하는 조국(祖國)
양분된 민심에 나라는 블랙홀에 빠져있다

세계는 사선을 넘어 뛰고 있는데
사공은 눈멀어 배는 산으로 가고 있다

잠 못 이루는 이 밤
별빛도 우수에 쌓여 근심이 많은 듯
오동잎 우수수 지고
귀뚜리는 자꾸 울어만 대는지

동화 속 향수

제4부

겨울 동화의 노래

겨울옷

저물녘의 노을
해넘이 산 그림자도 사라지고
사위는 회색빛 어둠에 묻혔다

함박눈이 펑펑 내린다

새하얗게 산야를 덮는다

기쁨도 슬픔
인간이 살다 간 자리
하얗게 덮는다

덮힌 눈 속
쌓인 상념들이 겨울잠을 자고 있다

고요와 평온이 잦아진 곳
아름다운 동화의 나라가 됐다
아이들이 눈사람 만들고

눈싸움도 즐기며
하얀 사랑을 나누고 있다

어머니가 지어주신 솜이불
겨울옷을 입은 대지
언 땅을 녹이며
새봄을 잉태하고 있다

국밥을 먹으며

주리고 허기질 때
당신은 따뜻한 국밥 한 그릇이었습니다

가난한 가격에 풍성한 상으로 차린 국밥
만족하며 들고 있는 그 모습을 보기 위해
최선을 다 하셨습니다

어떻게 하면 더 푸짐하게 드실까
어떻게 하면 더 맛있게 드실까
어떻게 하면 다시 찾아오게 할까

웃음이 있고 눈물도 있고 이야기도 있는 곳
그곳에는 항시 깊고 따뜻한 사랑이 있습니다
당신은
어머니의 마음입니다

꿈이 돌아왔다

육십 년대 풍미(風靡)했던 아메리칸 드림 안고
반백 년의 세파 딛고 돌아온 친구여
이마의 주름살엔 흘러간 한(恨)이 고여 있다

아슴한 얼굴에는 그리움 가득가득
마주잡은 손결은 뜨거운 우정이다
학창의 추억을 회상하며 술 한 잔에 눈물진다

옛집은 재건축에 벽만 남아 있고
일가친척 흩어져 찾을 길 망막하다
서울의 늦가을 밤공기가 이렇게도 시리던가

무심한 세월
서산에 노을 짙어 오니 허허롭고 삭막하다

나목(裸木)

향로봉 허리춤의 물 곱던 치맛자락
추운 나그네에 벗어주고
앙상한 가지에 찬바람이 스치면
나무는 '위이잉 위이잉' 울음을 토해낸다

이승의 끈 놓지 못한 마른잎 하나
서걱서걱 마지막 작별인사 서럽다

긴 겨울
심술궂은 찬바람이 한바탕 숨바꼭질하고 나면
알몸은 퍼렇게 멍들고
인고의 추억을 나이테에 감는다

세파를 견디지 못하고
마지막 자존심까지 저버린
알몸의 부끄러움

한겨울에 피워 내는 설화(雪花)

순백의 수채화로
너의 자존을 지키고 있구나

노년에도 바람은 분다

　라일락향 그윽한 함춘원 동산을 뒤로하고 졸업장 하나 틀켜지고
　나선 첫발은 시리고 망막했다

　졸업 후 우리들의 삶도 희수(稀壽)만큼이나 무거웠던 54년만의 만남이다
　반세기만의 만남이 이렇게 가슴 뛸 줄이야!

　강바람도 시원한 '한강 아라뱃길' 유람선 갑판 위에서는
　삼삼오오 모여 노년의 외로움을 포도주로 씻어 내고 있다
　LA에서, 호주에서, 캐나다에서 그리움 하나로 달려온 그들
　주름진 얼굴은 깊은 향수에 젖어 있으나 가슴속엔 아직도 뜨거운 피가 흐르고 있다

　해는 뉘엿뉘엿 서녘으로 기울었지만 아직도 나에겐

가보지 못한 섬이 있다
　사랑도 남아 있고, 그리움도 있다
　그 섬에 가보고 싶다
　'티티카카' 호

노트와 연필

낡은 책가방 속에
'노트'와 '연필'이 서로 형님이라며 싸운다

노트는 이 세상을 손바닥 안에 다 담을 수 있단다

연필은 이 세상 어떤 형상이나 우주까지도 다 그려
서 보여줄 수 있으니 어른이라 한다

계곡에 쫄쫄쫄 흐르는 맑은 물, 자유자재로 넘나드
는 바람,
지저귀는 새들의 노랫소리 가득 채워 줄 수 있단다

가방은 말한다
"두 놈 다 두통거리다"

시간의 발톱에 찢기고
몽땅한 고통도 세월의 무게만큼 버텨왔다

아픔의 무게 들쳐업고
한달음으로 내달리다
멈춰서니
서녘 하늘 금성이 반짝이며 웃고 있다

눈 오는 날

눈이 내리고 있다
하늘하늘 흰 나비들의 군무

그는 코트 깊숙이 손을 밀어 넣고
털모자 눌러 쓰고 상념에 젖어
옛 발자취를 뽀드득 뽀드득 걷고 있다

풋내음 풍기던 대학가 젊음이 익어갈 무렵
'디쉐네'는 그들의 젊음을 태우던 아지트였고
찻잔 속으로 흐르는 사랑의 열기는
아득히 먼 곳을 향해 가고 있었다
도니제티의 '사랑의 묘약'
남몰래 흐르는 눈물은
애절하게 쏟아 내는 아리아였다

어두컴컴한 둥지를 나와 종로를 걸었다
그녀의 시린 손이 온기를 더해 뜨겁게 달구고 있었다
탑골공원 벤치에 뜨거운 입김이 서렸고

내뿜는 열기는 내리는 눈을 모두 녹일 만큼 진해지
고 있었다

그들의 발자취 따라 눈은 계속 내리고 있다

희뿌연 세상이 스멀스멀 그리움으로 가득 찼고
그녀의 얼굴이 눈발에 실려 춤을 추고 있었다

도심의 아침

아침 햇살이 도심의 빌딩 사이로 파고들면
희뿌연 안개 먼지가 덩달아 차오른다

꼬리를 물고 달리는 자동차의 숨 가쁜 검은 연기에
하늘도 먹구름 속으로 얼굴을 감추었고
가면의 그늘진 얼굴들은 서로를 등진 채 갈 길이 바쁘다

공해 속에서 하루가 피로한 사람들처럼
어항 속 금붕어는 지느러미 축 늘어져있고
수족관에는 파란 이끼 나풀나풀
산소방울 계속 불어대도 희미해져 가는 눈망울
우리들의 자화상이 아닐까

문명이 뿌려놓은 미세먼지 '나쁨'에서 매우 나쁨'
'삐옹삐옹' 새벽잠 깨우며 살려내라는 울부짖음
급성폐렴 환자를 이송 중이다

따뜻한 손 1

차마 놓아줄 수 없는 것들이 있다

수년째 링거 줄에 매달려
삼계(三界)에서 방황하고 있다
해가 바뀌어 무술년
황금을 꽃바구니에 가득 담아 병실을 찾는다

궤도를 잃은 시침처럼 흔들리고 있는 눈빛에 안부
를 묻는다
더러는 실웃음 스칠 때도 있었다
못다 한 말도 있을게다
초롱초롱한 어린 남매 때문에 멈칫거리고 있는지도
모른다

가끔은 저 깊은 곳에 솟는 것처럼 솟아오르는 힘이
있다
고래 힘줄 같은 생명력이 있다
미련도 있을게다

끝내
바람에 흩날리는 무수한 봄날의 향연
고향 뒷동산의 접동새도 밤새워 울었는가

가슴에는 잔잔한 그리움이 맴돌고 있다

매화(梅花)를 생각하면서

혼돈 속에 한해가 지났다
화합과 갈등, 이념의 대결로 얼룩진 한해

인간들의 모습을 비웃음이라도 하는 듯
자연은 거짓 없이 계절 따라
매화는 설한풍속에서도 소리 없이 피어났다

한기(寒氣) 속에 살아도
계절에 흔들리지 않는
꿋꿋한 절개를 생각해 본다

일찍이 사군자(四君子) 중에서도
사군자(士君子)로 매김한
너의 고매한 성품과 순수함에 나를 물어본다

나의 시가
한 가닥 실 끝에서 바람 타고 상승할지
천길 낭떠러지로 추락하는 연(鳶)이 되는 것은 아닌지

산수(傘壽)의 고목에도 꽃을 피워낼지
꽃 같은 나비 한 마리 시가 되어
어둠을 뚫고 훨훨 날아온다

바보 같은 세월

인터넷은 세계를 보는 눈이고
들을 수 있는 귀
우리는 바보상자만 보고
바보같이 살고 있다

투명하던 예지(銳智)는 세월의 장막에 가리고
남 탓만 하다 자중지란 일으켰다
석양에 지는 해도 아쉬운 듯 산마루에 서성인다

파도가 제 머리를 두들겨 깨닫듯이
우리도 대장장이처럼 머리를 두드리고
갈고 닦아 세월을 되돌릴 수 있을까!

발자국

바닷가 외딴집
해당화 한 송이 웃으며 반긴다

파도가 모래사장을 쓸고 가면
소년은 모래톱에 악보를 그리고
소녀는 노래를 하고 있다

소녀의 야윈 얼굴에 저녁노을 짙어오면
소녀는 소라가 되어 바다 소리를 그리워한다
파도는 고개 들어 한세월 노래 불러준다

달빛이 파도를 잠재우면
저 은파 넘어 꼬부랑 할머니
추억의 발자취 찾아 걷노라면
바다는 아일랜드 기타-달빛소나타를 불러준다

백지(白紙)

삶은 백지 위에
그림을 그리는 것이다

애증을 버리지 못하고
욕망을 털어내지 못하고
붓끝 가는 대로 휘둘러 그리는 화가의 회심(會心)작
이다

한생을 마음껏 그려내도
다 채울 수 없어 여백이 남는 공허뿐

아침이 되었다

원점으로 돌아와
하얀 백지에서
나를 찾아 나섰다

무한의 백지 위에 까만 점 하나

버선 1

황촉 불 녹는 밤
적막감 깊어오고

추억을 더듬어
한 올 한 올 수를 놓으니
사뿐한 외씨버선
학이 되어 날고 있네

보름달 떠오르면
그리움 깊어지고

해가 가고 달이 익어
여인의 몸 뜨거울 때

또다시 학은 알을 낳고
창공에서 춤추리라

불청객

봄이 오는 길목
입춘 지나 우수가 얼음골에 숨어버리고
강추위에 눈이 내리고 있다

철지난 한랭한 공기가 몰고 온
코로나바이러스가 우리를 슬프게 하고 있다
우한에서 시작한 코로나는
이제 지구촌 곳곳에서 생명을 앗아가고 있다
일가족이 비참하게 죽어가도 세상은 무관심이다
오늘의 비극은 세월 속에 묻히겠지만
죽어가는 사람들의 절규는 하늘 끝까지 치솟는다

삶과 죽음의 기로에서
세상은 고요와 적막 속에 묻혀있다
몇 해 전 사스, 메르스의 트라우마가 가슴을 태운다
지구촌 곳곳에서 곡소리 들린다

심술궂은 불청객

아무리 극성부려도
산수유 노랗게 핀 봄길 따라
봄은 오고 있다

새벽을 깨는 울음

아침 까치
상서로운 울음소리

이웃 마을
탄생의 첫 울음소리

농부의 가슴에 풍요의 꿈을 심는 소의 포효
쩌렁쩌렁한 소리에 코로나19도 소멸되길 바라는 새
해 소망

역사는
그림자에 묻혀버리겠지만 속 태운 끄름 지워지지
않는 주홍글씨

해가 바뀌어도 주저앉은 불청객
먹느냐, 먹히느냐가 문제로다
변종 코로나가 지구촌을 쓸고 갔다

외계에서 부르는 소리

우주를 넘어 달나라에서
새벽닭 우는 소리 어렴풋하다

오서산의 기도송

하늬바람이 능선 따라 하얀 솜털 뿌리며
불어오고 있다

구름밭에 춤추는 은빛물결
허리 굽은 어머니가
목화솜을 따고 있다

하얗게 꽃핀 깊은 밤
길 잃은 산객 다독이며
솜이불 덮어주는
따뜻한 어머니의 사랑이 있다

새벽이 밤의 문을 열고
햇살이 상고대에 반짝이니
오서산 능선에 축제가 열렸다

오가는 길손이 머물다 간 자리마다
하얀 꿈이 수북이 쌓여있다

순백의 향연에 멈칫 놀란 까마귀
백로의 깃털 꿈꾸며
까악 깍
하늘에 기도송이 울린다

웃는 모과

방 안 가득한 향기
바람 등에 업혀 파란 하늘 구름까지 퍼진다

연륜의 골에는 저승꽃 피고
울퉁불퉁 볼품은 없어도 아련한 미소 흐른다

무조건 사랑만 주시던 가난했던 시절
낮에는 호미 들고
저녁에는 물레 돌리고, 베틀에 앉으셨지요

누에 집 짓듯
한 땀 한 땀 땅을 모으며
보릿고개도 잊었답니다

아침, 저녁으로 문안 드립니다
한세상 살이 얼마나 힘드셨습니까
방 안 가득 빙그레 웃고 계신다

추억의 등대

그곳에 가면
무한의 욕망
잠시 내려놓을 수 있어 좋다

푸른 하늘 푸른 바다 잔잔한 물결
남태평양의 짭조름한 여름 냄새가 좋다
갈매기의 노래도 추억을 되살린다

수평선 저녁놀 뒤로
달빛 내린 바다 은빛 물결 살랑살랑

사뿐사뿐 뽀얀 버선발로
오시는 임이시여

어머니 냄새가 난다
유년의 추억도 있다
비릿한 바다 내음

잔잔한 파도의 속삭임
조개들의 노래도 들린다
세상 시름도 사르르 녹아내리는
어머니의 자장노래 들린다

고요한 이 한밤
그리운 가슴 가만히 열어
추억의 등대가 되고 싶다

4 · 19 의거의 눈물 _ 문학박사 · 시인 강헌규

한국문화해외교류협회와 대전중구문인협회 한진호 운영위원장님은 매년 4월 19일이 오면 쓰라린 가슴을 안으며 아파하신다. 1960년 한진호 학생은 서울대학교 약학대학에 재학 중인 피 끓는 청년이었다.

4 · 19 의거는 지난 이승만 정권의 독재에 학생들이 들고 일어나서 제1공화국을 끝낸 민주주의 학생과 국민이 이끈 항거였다. 이승만 자유당 정권이 저지른 3 · 15 부정선거에 학생과 국민들이 항거하여 대대적으로 일어날 때 한진호 당시 학생은 경무대 앞까지 맨주먹으로 진출하였다. 학생들을 향하여 겨눈 총부리에 같이 공부하던 친구들이 피를 흘리며 쓰러져 가는 처참한 모습을 한진호 학생은 두 눈으로 지켜보며 울분을 토했다.

"아, 친구여. 그리 먼저 그렇게 가는구나? 멋 훗날 나라를 위해서 뿌린 고귀한 뜨거운 피를 기억하리라. 이 풍전등화 같은 조국의 앞날을 어찌하리오?"

1960년 4월 19일 발포직전 경무대 앞. 서울대학교 약학대학 17회 2학년 동기생들이 구호를 외치고 있는 모습(이름표 뒤에 한진호 시인).

4·19 의거의 배경은 이승만 정권이 12년간 장기집권하면서 1960년 3월 15일 제4대 정·부통령을 선출하기 위해 실시된 선거에서 자유당은 반공개 투표를 하고 야당 참관인 축출하면서 투표함 바꿔치기와 득표수 조작 발표 등 부정선거를 자행했다.

그런데 마산에서 시민들과 학생들이 부정선거를 규탄하는 격렬한 시위를 벌였고 경찰은 폭력으로 강제진압에 나서 다수의 사상자가 발생하였으며 무고한 학생과 시민을 공산당으로 몰면서 고문을 가했다.

이후 1960년 4월 11일에 1차 경남 마산 시위에서 실종되었던 김주열이 눈에 최루탄이 박힌 채 참혹한 시체로 발견됨으로써 이에 분노한 시민들의 제2차 시위가 다시 일어났다.

그리고 1960년 4월 18일에 고려대학교의 4천여 학생은 "진정한 민주이념의 쟁취를 위하여 봉화를 높이 들자"는 선언문을 낭독하고 국회의사당까지 진출하고 학교로 돌아가던 중 괴청년들의 습격을 받아 일부가 피를 흘리며 크게 부상을 당했다.

이에 분노한 전국의 국민과 학생들이 다음날인 1960년 4월 19일에 총궐기하여 "이승만 하야와 독재정권 타도"를 위한 혁명적 투쟁으로 발전하여 독재정권은 총칼을 앞세운 무력으로 탄압하고 비상계엄령을 선포하였다.

1960년 4월 25일 독재정권의 만행에 분노한 서울 시내 각 대학 교수단 300여 명은 선언문을 채택하고 학생, 시민들과 시위에 동참하였고 4월 26일 전날에 이어 서울 시내를 가득 메운 대규모 시위군중은 무력에도 굽히지 않고 더욱 완강하게 투쟁하여 이승만은 결국 대통령직에서 내려왔다.

지난 우리 민족의 아픔이 있는 4 · 19 의거는 올해로 제61번째를 맞는다. 지난 4 · 19 의거를 다시 한 번 새겨보고 이 역사적이고 참혹한 현장에 우리 한진호 학생이 용감하게 앞장섰던 사실을 생각하며 우리의 한진호 시인의 시 「진달래 피는 사월」을 감상해보자.

진달래 피는 사월(시조)

한진호

4·19 묘비엔 봄이 와도 봄은 없다
맺히는 이슬은 원혼들의 눈물이다
두견새 울음소리 듣고 학도들은 잠든다

민주의 외침은 액자 속에 메아리치고
둥지 떠난 빈자리로 날려와 앉는 꽃잎
구름만 갑년세월을 품에 안고 흘러간다

뼈마디에 새긴 고통 세월 뒤에 묻히고
민주, 자유 쟁취하여 이 세대에 헌정하니
피 맺힌 젊은 영혼들 진달래로 부활했다

2021년 4월 19일

장문정

김준경

장두철

이조웅

손갑수

김홍식

임성태

전건식

정해륜

박호웅

이병기

오인근

임윤택

최태진

고형훈

공영주

1960년 4월 19일 발포직전 경무대 앞 서울대학 약학대학 연좌데모에 한진호 시인이 참여했다.

문학박사 · 문학평론가 김우영 작가

자연과 인생체험 서정적 언어 진솔한 메타포의 미학

— 주촌(周村) 한진호 시인의 두 번째 시집 『다시, 몽돌의 노래』

문학박사 · 문학평론가 **김우영** 작가
(한국문화해외교류협회 및 대전중구문인협회 회장)

■ 앞 세우는 시

그 옛날 바닷가에 지천했던 바위들
밀물이 밀어주고 썰물이 다듬어
억겁의 세월이 흘러 몽돌이 되었다네

달빛 타고 들려오는 월광곡에 리듬 맞춰
밤새도록 코 골며 깊은 잠에 빠졌다
해일이 앞가슴 후려쳐 놀란 가슴 추스린다

석공이 된 파도가 갈고 쪼아 만든 망부석

휘영청 달밤에 임 그리워 노래 부르다

불현듯 울다가 웃다가 까르르 숨 넘어 가네

　　─「몽돌의 노래 3」 전문

1. 한국어교실에서 만난 주촌(周村) 한진호 시인과의 결고
　운 인연

　지난 2013년 주촌(周村) 한진호 시인은 대전중구 다
문화교회 다문화센터에서 한국어교실을 운영하였다.
이곳에서 대전으로 이주해온 외국인들한테 평자(評者)
가 한국어를 강의하면서 한진호 시인과 본격적인 인
연을 맺었다.

　이렇게 21세기 글로벌시대를 맞아 한국어를 통한
인연의 강물이 시작되어 2014년부터 2018년까지 4
년간 이주해온 외국인 여성을 대상으로 '김우영 작가
의 한국어교실'을 운영했다.

　평자가 다문화가족에 대한 연구와 자료를 수집하여
탄생한 작품이 다문화가족 장편소설 『코시안(Kosian)』
이다. 아울러 이 무렵 대학원에서 석사논문으로 '현장
교육을 통한 다문화교육방안 연구'(대전중구 다문화센터

교육현황 분석을 중심으로)를 발표했다. 이어 박사학위 논문으로 '다문화가족 한국어교육 실태 및 文識性 개선 방안연구'(대전광역시 중구 한국어교육을 중심으로)' 발표 등 재했다.

이러기까지는 주촌 시인이 운영하는 다문화센터 한국어교실을 운영하며 얻은 연구자료가 중심이 되어 논문을 쓰게 되었다. 이런 일은 주촌 시인이 계기를 마련해준 고마운 덕분이다.

주촌 시인과 다문화센터 한국어교실을 운영하며 매주 밤늦게 강의가 끝나면 1층에 있는 식당에 내려가 막걸리를 마셨다. 우리는 한국어교실 운영과 문학이야기로 밤늦도록 대화를 나누곤 했다. 어떤 날은 밤이 늦어 버스를 놓쳐 택시를 잡아주었다. 또 더러는 승용차로 집에까지 데려다주곤 했다. 가슴 따스한 그런 시인의 맘이었다.

2. 고향마을 이름의 주촌(周村) 한진호 시인의 시성(詩城)

한진호 시인의 아호는 주촌(周村)이다. 주촌이라는 어원은 한진호 시인의 고향 충남 보령시 주포면(周浦

面) 주(周)자와 마을 촌(村)자를 합성하여 붙인 이름이
다. 문법적으로 두루 주(周)는 부사이다. 즉, 빠짐없이
골고루 자연과 인생을 포용하며 충남 보령 대천 앞바
다처럼 두루 함께 살아가자는 뜻이란다.

주촌 시인이 태어난 마을 주포면(周浦面)은 북쪽으로
오천면(鰲面)이 있고, 동쪽은 청라면(靑蘿面), 동남쪽으
로 대관동(大冠洞)·원동(元 洞)을 접하고, 서쪽으로는
서해바다를 보고 있는 안온하고 평화스런 마을이다.

누구나 고향이 있지만 주촌 시인한테는 고향은 선
산에서부터 부모님의 온화한 정, 특히 시 속에 많이
등장하는 자애스런 어머니, 모태신념(母胎信念)이 가득
하다. 이런 모태 시원(始原)이 주촌을 시인으로 만드는
원천이 되었다고 볼 수 있다.

충남 보령은 북쪽은 홍성군과, 동쪽은 오서산·스
무티 고개를 경계로 하고 청양군과 부여군을 마주하
고 있는 고장이다. 남쪽은 장태산이 있고 서천군이 있
으며, 서쪽은 서해 대천 앞바다 건너 태안군 안면읍과
고남면이 있다.

3. 약사(藥師)에서 시인(詩人), 다시 소설가(小說家)로 일취 월장(日就月將)

고향 충남 보령 주포면에서 선견지명이 있는 부모 님은 주촌 시인이 남달리 공부에 재능이 있음을 내다 보고 대전으로 유학 대전고등학교를 우수한 성적으로 졸업시켰다. 그리고 당시 모든이의 로망인 서울대학 교 약학대학에 입학하여 졸업하게 된다.

서울에서 대학 졸업 후 지난 1967년부터 대전에 내 려와 대전역 부근에서 약국을 개업하여 지금의 중구 대흥동으로 건물을 마련하여 50여 년 동안 운영 오늘 에 이르고 있다. 주촌 시인은 웬만한 고질적인 질환에 대한 명약 조제 약사로 소문이 자자하였단다. 그래서 한때 한방과 양방의 이름난 약사로 지역에서 원근(遠近)에도 불구하고 약국을 찾는 이들이 줄을 이었다고 한다.

주촌 시인은 2014년 10월 한국문화교류협회에서 발행하는 문예지 《해외문화》 제13-14호에 「잊혀진 연정」이라는 시를 공모하여 신인문학상에 당선되었 다. 따라서 제6회 한중문화교류회 행사장에서 신인문 학상을 수상하고 한국문단을 두드리는 역사적인 첫

발을 내디딘다. 이어 2018년 서울 월간《국보문학》8월호 제121기로 단편소설「유턴」이 당선되어 소설가로 큰 발자국을 내딛는다.

주촌 시인은 본래 어린시절부터 타고난 학구파였다고 한다. 이러한 열성으로 대전고등학교와 서울대학교 약학대학을 거쳐 대전시새마을문고지회장과 대전시약사회학술위원장을 역임하였다. 또한 대전 중구 보문로 중구청 옆에서 대전당약국 대표약사로 근무하며 약사(藥師)들 문인모임인 대한약사문인협회 회원으로 활동한다.

4. 첫 시집 『몽돌의 노래』 출간 시인으로 세상에 등기

주촌 시인은 지난 2017년 9월 18일 첫 시집 『몽돌의 노래』를 출간하며 세상에 '한진호 시인'이란 이름표로 등기를 올린다.

첫 시집 『몽돌의 노래』 전편에 흐르는 분위기는 여유와 노련미가 엿보인다. 이를 일컬어 옛 선비는 '사람의 눈을 속일 수는 있어도 오래 굴러온 수레 소리는 속이지 못한다'고 했다. 긴 세월에 걸친 학문연구로

농익은 시의 창작은 자연과 인생의 내공이요, 경륜이
아닐 수 없다.

지난 2014년 한국문화해외교류협회(대전광역시 사
01022호. 2008. 5. 15정기간행물 등록허가) 주관 '해외문화
제13, 14호' 문예지 공모 신인문학상에 당선된 작품
'잊혀진 연정'을 살펴보자.

시어를 다루는 솜씨에서 오랜 인생의 경륜을 읽을
수 있다. 「잊혀진 연정」에서 시인은 지난 젊은 날의
초상을 회억하며 감상에 젖었다. '건너방/ 잠 못 이루
는 정아의 트랜지스터는/ 새벽 내 내 울었답니다//
'푸치니'의 '별은 빛나건만'/그 애절한 울음소리는/
못다 한 사랑의 멜로디/ 아니 행복의 환타지였습니다
// …(중략)…

신인문학상 심사에서 서울대학교 구인환 문학박사
는 이렇게 언급했다.

"한진호 시인은 자연과 인생에서 체험한 생각을 상
상을 통하여 율문적 언어로 압축 형상화하는 창작문
학의 양식을 절실하고 진솔하게 표현하였다. 이런 창
작의 샘이 용솟음친다면 좋은 글을 써 시인한테 시집

을 출간해도 좋을듯 싶다. 건필을 빈다."

5. 자연과 인생체험 서정적 언어 진술한 압축 메타포의 미학(美學)

주촌 시인의 시편들을 살펴보면 다음과 같은 문학적 추임새를 취하고 있다.

시편에 흐르는 서정성 짙은 시로 자연과 휴머니즘(Humanism)을 모티브(Motif)로 시를 노래하고 있다. 그리고 시창작 사상과 감정의 주관적 이미지를 운율적 언어로 표현하고 있다.

따라서 하나에 지식이나 원리를 가지고 다른 사상을 추리하여 인식하는 연역적방법(演繹的方法)의 시적(詩的) 메타포(Metaphor) 미학(美學)으로 승화하고 있다.

지금부터 주촌 시인의 몇 편의 시를 감상해 보자. 아래는 시 「어머니의 밥상」 전문이다.

무심코 걷다

코끝을 간질이는 냄새
질그릇에 보글보글 어머니 된장국 냄새

밥상머리
딱- 따악- 수저질 소리
눈 흘기는 큰형의 위세
몸 사리는 작은 수저들

한여름 지루한 장마 끝
땀으로 가꾼 풋고추
송-송- 썰어 넣은 된장국

어머니의 된장국 냄새
사랑으로 피워내는 어머니의 향기
―「어머니의 밥상」 전문

　주촌 시인은 천성이 효자이다. 더러 막걸리를 마시
며 돌아가신 어머니 생각에 눈물을 흘리곤 하는 것을
몇 번 보았다. 효자는 천심(天心)이고, 천심은 바른 인
간을 만든다고 한다. 주촌 시인의 첫 시집『몽돌의 노
래』에 이어 두 번째 시집『다시, 몽돌의 노래』에 고향
의 전령사와 그리운 어머니와 가족이 등장한다.

위의 시 「어머니의 밥상」을 보면 절실한 주촌의 그리운 사모곡에 레토릭(Rhetoric) 표현이 맘을 울렁인다. '무심코 걷다/ 코끝을 간질이는 냄새/ 질그릇에 보글보글 어머니 된장국 냄새//…(中略)… 한여름 지루한 장마 끝/ 땀으로 가꾼 풋고추/ 송 송 썰어 넣은 된장국// 어머니의 된장국 냄새/ 사랑으로 피워내는 어머니의 향기//

아래는 주촌의 「갯마을의 추억」이란 시이다. 함께 살펴보자.

6·25 사변 초등학교 4학년 여름
어머니 치맛자락 잡고
갯마을 외갓집으로 피난 갔다
애정 어린 외할아버지 외할머니
친절히 맞아준 외사촌 형과 또래의 누이들

가난한 사람들을 비켜선
끝없는 먹이사슬 속에
바다는 생명의 젖줄이었다
물때를 벗어나 갯벌에 들어가면
조개와 굴을 따고 갯가재도 잡았다
사촌형과 같이 매어 논 어살에

갈치 꽃게 숭어가 허둥대고 있다

피난 생활 중
비린 갯것들은 내 생애 최고의 성찬

갯벌에 꼬부랑 할머니
아득히 지난 세월
가슴 두근거리는 추억을 안고
오늘도 저 바다를 넘어 조개를 캐고 있다

외갈매기 꾸억~꾸억
옛 추억의 회한(悔恨)이 가슴 저리다
　　—「갯마을의 추억」 전문

　위의 시 「갯마을의 추억」은 주촌의 고향 보령 주포 어촌마을을 그린 시로서 한 편의 풍경화이다. 시의 행간을 따라 익는 그리움과 애틋한 감흥이 표현되었다.

　이 시에서 '6·25 사변 초등학교 4학년 여름/ 어머니 치맛자락 잡고/ 갯마을 외갓집으로 피난 갔다/ 애정 어린 외할아버지 외할머니/ 친절히 맞아준 외사촌 형과 또래의 누이들// 가난한 사람들을 비켜선/ 끝없는 먹이사슬 속에/ 바다는 생명의 젖줄이었다/ 물때

를 벗어나 갯벌에 들어가면/ 조개와 굴을 따고 갯가재
도 잡았다/ 사촌형과 같이 매어 논 죽방렴에는/ 갈치
꼴게 숭어가 허둥대고 있다 …(중략)… 갯벌에 꼬부랑
할머니 / 아득히 지난 세월/ 가슴 두근거리는 추억을
안고/ 오늘도 저 바다를 넘어 조개를 캐고 있다/ 외
갈매기 꾸억~꾸억/ 옛 추억의 회한(悔恨)이 가슴 저
리다//

　유년시절 6·25 피난으로 인하여 고단했지만 지금
생각해보면 아늑하고 생경한 추억의 무대였으니라!
따라서 「갯마을의 추억」은 주촌 시인다운 서정성과
서사시를 고르게 결합한 아름다운 자연과 휴머니즘
(Humanism)의 모티브(Motif)이다.

　아래는 「월정사(月精寺) 가는 길」이란 시이다. 함께 살
펴보자.

　　바람소리 물소리 따라
　　계곡을 올라가는데
　　환하게 웃으며 반기는
　　구절초와 쑥부쟁이

　　누군가 잡아끌듯

문득 시선이 멈춘 곳

'자궁청정(子宮淸淨)'

둥글넓적한 커다란 바위

실오라기 하나 걸치지 않고

하늘 향해 벌린 계곡

고샅 사이

맑은 물 흘러나오는데

넋을 잃고 바라보다

목울대 침 넘기는 등산객

동자승도 빙그레 웃는다

　―「월정사(月精寺) 가는 길」 전문

　문학의 소재는 집 안이 아니라 길에서 얻는다고 한
다. 주촌 시인은 여행을 좋아한다. 위 시는 충남 홍성
군 오서산 「월정사(月精寺) 가는 길」이라는 시이다. '바
람소리 물소리 따라/ 계곡을 올라가는데/ 환하게 웃
으며 반기는/ 구절초와 쑥부쟁이//…(중략)… 실오라기
하나 걸치지 않고/ 하늘 향해 벌린 계곡/ 고샅 사이/
맑은 물 흘러나오는데// 넋을 잃고 바라보다/ 목울대
침 넘기는 등산객// 동자승도 빙그레 웃는다//

위의 시는 월정사(月精寺)를 다녀와 쓴 시이다. 리얼한 문장의 표현과 자연현상을 보고 쓴 시는 절창이다. 언제나 여행을 통한 자신의 성찰이야 말로 최고의 선물이라는 이치를 주촌 시인은 깨닫고 있는 것이다.

끝으로 아래 시 「눈 오는 날」을 같이 보자. 겨울 전령사의 자연스런 문장의 나열과 메타포 처리가 뛰어나며 유려하다.

눈이 내리고 있다
하늘하늘 흰 나비들의 군무

그는 코트 깊숙이 손을 밀어 넣고
털모자 눌러 쓰고 상념에 젖어
옛 발자취를 뽀드득 뽀드득 걷고 있다

풋내음 풍기던 대학가 젊음이 익어갈 무렵
'디쉐네'는 그들의 젊음을 태우던 아지트였고
찻잔 속으로 흐르는 사랑의 열기는
아득히 먼 곳을 향해 가고 있었다
도니제티의 '사랑의 묘약'
남몰래 흐르는 눈물은
애절하게 쏟아 내는 아리아였다

어두컴컴한 둥지를 나와 종로를 걸었다
그녀의 시린 손이 온기를 더해 뜨겁게 달구고 있었다
탑골공원 벤치에 뜨거운 입김이 서렸고
내뿜는 열기는 내리는 눈을 모두 녹일 만큼 진해지고
있었다

그들의 발자취 따라 눈은 계속 내리고 있다

희뿌연 세상이 스멀스멀 그리움으로 가득 찼고
그녀의 얼굴이 눈발에 실려 춤을 추고 있었다
　　—「눈 오는 날」 전문

위 시 「눈 오는 날」은 그 표현이 메티포에 절정을 이
루고 있다.

'…(前略)… 풋내음 풍기던 대학가 젊음이 익어갈 무렵/
'디쉐네'는 그들의 젊음을 태우던 아지트였고/ 찻잔 속으
로 흐르는 사랑의 열기는/ 아득히 먼 곳을 향해 가고 있
었다/ 도니제티의 '사랑의 묘약'/ 남몰래 흐르는 눈물은
// 애절하게 쏟아 내는 아리아였다//

'디쉐네' '도니제티의 사랑의 묘약'이란 서구적인
휴머니즘(Humanism)을 모티브(Motif)로 세련미 있게

승화시킨 문장이다. 주인공 네모리노와 아디나. 아디나는 인기있는 미인이고, 네모리노는 별 볼 일 없는 시골 청년이다. 서브남주 벨코레, 사실은 사기꾼이지만 조력자 역할을 하는 약장수 둘까마라. 약장수 둘까마라가 가짜 사랑의 묘약을 팔고 네모리노는 진짜 사랑을 얻는 해피엔딩을 장치시켜 예술적 로고스로 승화시킨다. 이는 주촌 특유의 유니크(Unique)한 포스트모더니즘(Postmodenism)의 레토릭(Rhetoric)을 볼 수 있다.

6. 『다시, 몽돌의 노래』 접으며

이상과 같이 주촌 한진호 시인의 『다시, 몽돌의 노래』를 중심으로 살펴보았다.

주촌 시인은 하모니카를 구성지게 잘 연주한다. 종종 문인들 모임에 가면 분위기에 맞게 하모니카를 열정적으로 몰입 연주하는 모습은 그 자체가 천상천하(天上天下)의 시인이다. 시가 음악이고, 음악이 시인 것을……

세계 4대 성인 중에 한 분이며 논어(論語)의 저자 공자(孔子)는 음악을 좋아했다고 한다. 음악은 곧 공자의 인학(仁學)을 완성하는 최고 경지였기 때문이다. '논어(論語)' '태백(泰伯)'편의 '시를 배워 일어나고, 예를 배워 바로서며, 음악으로 완성한다.'라고 한 것에서 잘 나타난다. 공자는 순임금의 음악인 소(韶)를 좋아했다. 3개월 동안 고기 맛을 잊을 정도로 심취했으니, 음악에 상당한 조예가 깊었다.

주촌 시인의 시에 등장하는 바람과 바다, 돌, 비, 산, 구름 같은 계절의 자연 전령사는 평생 안고 가야 할 숙명이다. 태어난 곳이 바다와 산이 지천인 자연과 서정적 마을인 주촌에서 시의 모태적 시원(始原)을 얻었다. 그래서 시에는 자연이 등장하고 휴머니즘에 담은 '몽돌의 노래 메타포(Metaphor)'로 끌어올리는 것이다.

요컨대, 주촌 시인은 자연을 끌어들여 사상과 감정의 주관적 이미지를 운율적 언어로 표현한 문학방식을 추구하고 있다. 따라서 하나의 지식이나 원리를 가지고 다른 사상을 추리하여 인식하는 연역적으로 취하고 있다.

한편, 하늘에는 별이 있고 땅에는 꽃이 있고 인간의

가슴에는 따스한 사랑이 있는 서정성 짙은 시로 자연과 휴머니즘을 모티브로 정다운 시를 쓰는 주춘 시인의 이번에 출간한 제2시집 『다시, 몽돌의 노래』를 축하드리며 건필을 빕니다.

부족한 평자(評者)의 둔필로 어찌 저처럼 해맑고 지고지순(至高至純)한 고매한 인품의 영혼으로 우려낸 『다시, 몽돌의 노래』 사족을 덧붙이랴! 지혜란 받는 것이 아니다. 우리는 그 누구도 대신해줄 수 없는 여행을 한 후, 스스로 지혜를 발견해야 한다. 따라서 '천 사람이 한 번 읽는 시보다, 한 사람이 천 번 읽는 시를 쓰겠다'는 신념으로 정진하시라고 권학(勸學)하며 붓을 내려놓는다.

■ 나가는 시

장독 옆 풀섶에
볼그레한 분장을 한 수줍은 소녀가
부푼 가슴 탱탱한 몽우리 툭하고 터트릴 제
할머니가 한 말씀하신다
너도 이제 너의 넓은 세상 찾아가거라

엄마 품 떠난 씨앗은 낯선 외계의 뜨락으로

긴 여정을 떠난다
토방 밑 벽돌 틈 사이 비비고 들어가
구수한 흙냄새 맡으며 여정을 푼다

비바람 눈보라 겪으며 따스한 봄날
분홍빛 꽃잎으로 태어나
할머니가 백반으로 손톱 밑 감싸주고
하룻밤 자고 일어나면
세상에서 가장 예쁜 손톱이 된다

해와 달이 차고 기울어
신산(辛酸)한 세월을 보내노라면
할머니가 발라주던 매니큐어가 봄 햇살에 유난히도
반사되어 잦아드는 추억 그립다

나는 가고 싶다
동유(童幼)의 시절
봉숭아향 스미고 뻐꾹새 노래하는
가슴 찡한 유년의 뜰이 있는 곳
— 「유년의 뜰」 전문

다시, 몽돌의 노래

1쇄 발행일 | 2021년 07월 24일

지은이 | 한진호
문장 감수 | 문학박사 김우영
펴낸이 | 정화숙
펴낸곳 | 개미

출판등록 | 제313 – 2001 – 61호 1992. 2. 18
주소 | (04175) 서울시 마포구 마포대로 12, B-103호(마포동, 한신빌딩)
전화 | (02)704 – 2546
팩스 | (02)714 – 2365
E-mail | lily12140@hanmail.net